UN AMOUR DE ROMAN

Suivi de

LES AMIS D'ÉMILIE

Didier Baldo

UN AMOUR DE ROMAN

Suivi de

LES AMIS D'ÉMILIE

Comédies romantiques

Édition : BoD · Books on Demand, 31 avenue Saint-Rémy, 57600 Forbach, bod@bod.fr
Impression : Libri Plureos GmbH, Friedensallee 273, 22763 Hamburg (Allemagne)

ISBN : 978-2-8106-2933-6
Dépôt légal : Mai 2025

UN AMOUR DE ROMAN

Un matin, un homme roule sur une route.

Il s'appelle Richard Balmont. C'est un célèbre auteur de romans policiers de quarante ans. Cela fait dix ans qu'il écrit. Il a mis du temps à devenir ce qu'il est aujourd'hui, essuyant refus sur refus jusqu'à ce qu'il parvienne à faire paraître son premier roman : « Terreur » qui est devenu un véritable succès. Ce qui lui a permis de faire son entrée dans le milieu littéraire. Depuis, il enchaîne un titre par an et chacun d'eux est un best-seller. Mais ses trois derniers romans ne sont plus aussi bons qu'avant. Ils se vendent encore bien mais pas autant qu'au début de sa carrière.

Il arrive devant une grande maison en pleine forêt.

Richard descend de sa voiture et va ouvrir la porte de la maison. Il sort ses bagages et s'installe. Peu après, il est dans la salle à manger devant son ordinateur portable, à la recherche d'une idée pour son prochain roman. Il se souvient alors de ce que lui a dit son éditeur, Thomas Marsal.

Ils sont tous les deux dans le bureau de Thomas et celui-ci lui parle de son œuvre, de ses succès mais aussi de ses échecs. Depuis trois ans, il pense que Richard a perdu une partie de son imagination. Il n'arrive pas à le comprendre et aimerait qu'il se ressaisisse au plus vite, sinon il sera obligé de mettre fin à leur collaboration. Selon son contrat, il doit encore livrer un roman avant qu'on ne puisse discuter pour le prolonger. Il sait que Richard a beaucoup d'argent mais il ne doit pas compter uniquement sur ce qu'il a. L'avenir est important. Ecrire un nouveau roman chaque année est primordial s'il veut garder son succès. Encore faut-il que ce soit un succès. Il lui donne encore une chance : son prochain roman doit être vraiment parfait. Il doit être du même niveau que son premier roman : Terreur. Richard ne dit rien et Thomas rajoute qu'il va l'aider à se concentrer sur ce roman en lui permettant d'habiter dans un endroit où il ne sera pas dérangé. Il sait qu'il a tendance depuis quelques temps à sortir pour faire la fête au détriment de l'écriture. Il est persuadé que s'il reste ici et qu'il se concentre uniquement sur la création, il redeviendra ce qu'il a été. Il faut qu'il pense à son état d'esprit quand il a écrit son meilleur roman : Terreur. Richard lui affirme qu'il fera de son mieux. Thomas lui laisse six mois pour écrire son roman. Richard est persuadé qu'il réussira.

Il en est là de ses réflexions quand il se remet à écrire. Mais il n'a écrit que deux mots : Un matin. Il cherche la suite. Il se lève et va faire un tour dans la maison, espérant trouver l'inspiration.

Les jours suivants, il n'avance pas. Sur l'écran de son ordinateur portable ne sont écrits que ces deux mots : Un matin. Il n'arrive pas à se concentrer et il ne sait pas pourquoi. Il espérait que le fait d'être dans une autre atmosphère, comme le lui avait suggéré Thomas, lui permettrait d'écrire son nouveau roman, mais là, ça commence mal. Pourtant, il veut vraiment réussir car son avenir littéraire en dépend.

Un matin, il reçoit un appel de Thomas qui veut savoir où il en est et là, Richard ne sait pas pourquoi mais il lui annonce qu'il a trouvé la meilleure idée de sa carrière, c'est la plus formidable idée qu'il n'ait jamais eu. Il a retrouvé l'inspiration et il est sûr qu'avec ce nouveau roman, il deviendra de nouveau le numéro un des auteurs de romans policiers. Il est persuadé qu'il est en train d'écrire un futur best-seller qui va faire mieux que chacun de ses autres romans. Thomas est ravi de l'entendre dire ça. Il savait qu'il lui suffisait d'un peu de concentration pour redevenir ce qu'il était. Il lui demande alors le sujet de son histoire mais Richard ne préfère pas le divulguer pour l'instant. Thomas comprend et ne veut pas le déranger plus longtemps. Il raccroche. Richard est soulagé mais en même temps est inquiet. Maintenant, il doit absolument trouver l'idée. Il a beau réfléchir, rien ne vient. Alors, il décide d'aller de nouveau faire un tour.

Le lendemain, Richard est toujours devant son ordinateur portable. Il n'a pas plus avancé que la veille et il est, de plus, assez stressé. Le fait d'avoir dit à Thomas que son idée était la meilleure de toutes celles qu'il ait eu n'était pas vraiment une bonne idée. Soudain, son portable sonne et il voit qui l'appelle : Estelle Marsal, la fille de Thomas. Il regarde le téléphone et ne sait pas s'il va répondre. Il soupire puis répond quand même. Elle lui dit qu'elle est contente de savoir qu'il a trouvé une nouvelle idée, comme le lui a dit son père. D'ailleurs, il l'a dit à beaucoup de monde autour de lui, en particulier à ceux qui prennent Richard pour un perdant. Thomas n'a pas arrêté de vanter la nouvelle idée de Richard, disant qu'il savait ce que c'était et qu'elle allait dépasser tout ce qui n'a jamais été écrit en termes de roman policier. Estelle lui demande alors de lui dire son idée car son père n'a pas voulu en parler. Mais Richard lui dit que ça doit être une surprise. Estelle essaie de la lui faire dire en lui disant qu'entre fiancés, ils peuvent tout se dire. Richard lui fait comprendre qu'il n'a pas encore pris de décision concernant d'éventuelles fiançailles. Il lui parle alors de son divorce et ne veut pas revivre la même chose. Estelle lui dit que cela ne sera pas du tout pareil, elle fera tout pour que ça marche. Mais Richard reste intraitable. De plus, Estelle aimerait bien qu'il lui dise où il se trouve, comme ça elle pourrait venir le voir mais Richard lui dit que ce n'est pas possible car il doit rester seul pour écrire. C'est son père qui le lui a ordonné. Estelle est déçue mais elle accepte quand même. Elle raccroche et il souffle un peu.

Le lendemain, Richard tourne en rond chez lui. Il décide de sortir. Il reste devant chez lui, pensif. C'est alors qu'arrive une femme. Elle se présente : Stéphanie Lambert. Elle est en vacances dans le village d'à côté. Elle habite Paris mais elle aime la campagne. Elle a vu que la maison était occupée alors que d'habitude, il n'y a personne. Elle lui dit alors qu'elle sait qui il est. Elle l'a reconnu car sa photo est derrière chacun de ses romans, et elle a lu tous ses livres. Elle les a tous trouvés parfaits, sauf certains mais elle ne veut pas le démoraliser et lui assure qu'ils étaient quand même bien. Il ne répond pas et pense plutôt à son nouveau roman. Elle se rend compte que quelque chose ne va pas et préfère le laisser mais espère pouvoir lui parler un peu plus une autre fois car elle a des dizaines de questions à lui poser, étant fan de son œuvre. Il est flatté et lui dit que ça pourrait se faire mais comme il est justement en train d'écrire son nouveau roman, ça ne va pas être facile. A peine a-t-il dit ces mots qu'elle veut absolument tout savoir sur sa prochaine histoire. Mais il lui dit que ça ne va pas être possible dans l'immédiat. Elle est déçue mais comprend et n'insiste pas. Elle le laisse et il rentre chez lui, soulagé, mais se questionnant sur la façon dont il va s'en sortir. Il repense alors à Stéphanie et la trouve jolie, gentille et en plus elle est fan de ce qu'il écrit et il est sûr qu'elle, c'est sincère, pas comme Estelle qui ne dit ça que pour se rapprocher de lui car il est célèbre et riche et qu'un mariage avec lui pourrait lui être profitable. Il se dit qu'heureusement Estelle ne sait pas qu'il a une fan à côté de chez lui.

Les jours suivants, Richard en est toujours au même point. Il a beau réfléchir, aucune idée ne vient. Il va souvent à l'extérieur, dans la nature, espérant que son inspiration revienne. Il se promène dans la forêt, il regarde les arbres, écoute les oiseaux chanter. Mais rien n'y fait. Il rentre chez lui, détendu mais plein d'appréhension car il ne sait toujours pas ce qu'il va écrire, ni ce qu'il va dire à Thomas si celui-ci l'appelle pour avoir des nouvelles de son roman. Il regarde ce qu'il a écrit sur son ordinateur portable : Un matin et se demande s'il ne devrait pas changer le début : il écrit : Un soir. Mais ça ne change rien.

Un jour, Thomas appelle Richard pour savoir où il en est de son idée géniale et espère qu'il a déjà bien avancé. Richard lui dit que son roman progresse à grande vitesse, ne trouvant pas d'autre chose à dire pour le rassurer, même si cela ne le rassure pas, lui. Thomas est content mais veut des précisions sur le nombre de pages qu'il a déjà écrit. Richard ne sait pas quoi dire, mais finit par lui annoncer, sûr de lui au téléphone mais pas dans la réalité, qu'il est déjà aux trois quarts du roman. Alors, Thomas est très content et il est sûr que si Richard en est déjà là après seulement deux semaines de travail, c'est que son idée de départ doit être parfaite. Il lui dit qu'il va le laisser continuer et qu'il le rappellera plus tard. Quand Richard raccroche, il s'en veut de lui avoir dit ça. Il tourne en rond et finit par s'installer à son bureau. Il reste là quelques minutes puis se lève pour regarder la télévision, il se dit qu'une pause de cinq minutes ne changera rien, peut-être même y trouvera-t-il une idée.

Le soir tombe et il est toujours devant la télévision.

Le lendemain, Stéphanie vient lui rendre visite. Elle aimerait qu'il lui donne quelques conseils pour commencer à écrire. Elle a toujours eu envie de le faire mais elle n'a jamais osé. Elle travaille dans une grande société, s'occupant de comptabilité et elle n'a jamais le temps de s'y mettre. Et là, elle profite de sa présence pour se lancer mais elle ne veut pas le déranger, il n'a qu'à lui dire quand il est disponible. Il lui dit que là, il peut. Alors Stéphanie lui pose des questions sur sa façon d'écrire, sur les thèmes qu'il choisit, comment il s'y prend pour faire durer le suspense. Il lui explique alors comment il procède, en prenant en exemple les autres romans qu'il a écrits mais Stéphanie lui demande pourquoi il ne lui parle pas de sa façon de travailler concernant son nouveau roman. Richard ne préfère pas car il ne l'a pas fini et il préfère lui donner des exemples concrets. Elle comprend et l'écoute, subjuguée. Et là, il se sent mieux. Le fait de parler de sa passion lui fait oublier les délais qu'il s'est imposé à lui-même pour écrire son roman. Une fois qu'elle est partie, il se remet tout de suite devant son ordinateur portable et est sûr qu'il va faire du bon travail. Il est persuadé que le fait d'avoir parlé de sa façon de travailler va débloquer en lui l'inspiration qui lui manque et qu'il va se mettre à écrire. Malheureusement, les idées ne viennent pas et il termine la journée comme il l'a commencée.

Le lendemain, Stéphanie vient de nouveau le voir pour lui montrer ce qu'elle a écrit après sa visite. C'est comme si l'avoir entendu parler de son métier avec autant de passion avait débloqué en elle son côté créatif. Elle lui demande ce qu'il en pense. Il prend son carnet de notes et lit les vingt pages qu'elle a écrites. Il n'en revient pas et lui dit que toutes ces idées sont géniales. Il est persuadé qu'elle a un brillant avenir dans la profession. Elle est contente mais elle est sûre que ses idées à lui pour son prochain livre sont bien meilleures. Il ne répond pas et lui rend son carnet. Maintenant, elle va se mettre sérieusement à l'écriture de son premier roman mais elle sait qu'elle va mettre du temps, elle n'est pas aussi rapide que lui. Richard ne dit rien et lui sourit.

Plus tard, Richard est toujours devant son ordinateur mais les idées n'arrivent toujours pas. C'est même devenu pire qu'avant, depuis qu'il a vu le carnet de Stéphanie avec plein d'idées qu'elle a écrites en une journée à peine, alors que lui qui est un grand auteur n'a rien écrit depuis plus de deux semaines passées dans la maison. Il ignore vraiment comment il va s'en sortir. Il se dit qu'il pourrait utiliser une idée qu'il a lue dans le carnet mais il chasse bien vite cette pensée car il n'est pas comme ça et il ne voudrait pas froisser Stéphanie.

Le lendemain, Stéphanie vient encore le voir et là, elle lui amène un petit dossier qu'elle a établi concernant son œuvre à lui. Il est flatté mais elle lui avoue qu'en fait, sont compilées dans ce dossier toutes les erreurs, les répétitions qu'il a faites dans ses différents romans. En fait, elle le lit depuis ses débuts et chaque année, elle achète son nouveau roman et elle a remarqué, surtout dans les trois derniers, que certaines scènes ou idées, elle les avait déjà lues dans d'autres de ses livres. Et c'est à partir de là qu'elle a commencé son dossier. Elle ne savait pas trop à quoi il allait lui servir, ne pensant jamais qu'un jour, elle puisse le rencontrer. Et même là, elle n'aurait jamais vraiment eu l'idée de lui montrer ses erreurs. Elle n'aurait pas osé. Mais après ces derniers jours, elle s'est dit que c'était peut-être le moment de le lui montrer car, comme elle n'a pas lu ce qu'il a déjà écrit, elle ne voudrait pas qu'il recommence à puiser ses idées dans ses autres livres. Richard ne sait pas quoi dire. En même temps, il est vexé mais il essaie de ne pas lui montrer. Il ne voulait peut-être pas se rendre compte de ce qu'il faisait et personne ne le lui a dit directement. Stéphanie est la seule qui ait eu le courage de le faire. D'ailleurs, c'est la seule qui pouvait le faire sans qu'il se mette en colère après elle. Mais il a peur que tout ceci l'empêche de continuer à écrire à nouveau. Il reste silencieux et Stéphanie s'en veut alors de le lui avoir dit mais il s'empresse de lui affirmer qu'elle a bien fait, qu'il fallait que quelqu'un lui dise. Alors, elle lui demande s'il ne lui en veut pas et il répond que non. Elle est soulagée et lui sourit en lui disant qu'elle espère que grâce à ça, son roman va être encore meilleur que les précédents. Il lui dit qu'il en est sûr et il tiendra compte de ce qu'elle a écrit pour ne pas refaire les mêmes erreurs. Elle le laisse et lui souhaite une bonne nuit.

Richard lit le dossier de Stéphanie. Il est effondré en lisant les erreurs qu'il a commises. Il ne pensait pas que c'était à ce point-là. En fait, il ne voulait pas se rendre compte que parfois il puisait dans l'une ou l'autre de ses histoires, inconsciemment ou non. Il s'en veut mais maintenant qu'il sait ce qu'il ne doit pas faire, il doit trouver une histoire qui reste un thriller mais qui soit complètement différente de ce qu'il a écrit jusqu'à présent. De cette façon, il est sûr de ne pas reproduire une de ses anciennes histoires. Il est vraiment motivé pour écrire. Il se dit que c'est peut-être le moment pour s'y mettre et allume son ordinateur portable. Il est devant son écran et se prépare à écrire mais il se sent fatigué et va dormir.

Le lendemain, Stéphanie est de nouveau là car elle s'est sentie mal en rentrant chez elle concernant ce qu'elle lui avait dit. Elle espère vraiment qu'il ne lui en veut pas et qu'il acceptera toujours de l'aider quand il aura le temps. Richard lui affirme qu'il ne l'a pas mal pris, au contraire. Il a tout lu et s'est rendu compte de ses erreurs. Il va pouvoir réussir grâce à elle. Stéphanie est vraiment soulagée. Elle ne veut pas l'embêter plus longtemps, voulant le laisser travailler, et s'en va.

Les jours suivants, Richard vaque à différentes occupations. Il fait à manger, regarde la télévision, se lève pour écrire mais n'écrit rien, puis revient s'installer devant la télévision, n'ayant pas trouvé d'idées. Il fait le tour de la maison, réfléchissant. Il fait également le ménage et une fois que tout est propre, il se dit prêt à travailler. Il est sûr que maintenant, il va pouvoir avancer dans l'écriture de son roman.

Mais un jour, à peine assis devant son ordinateur, la sonnette de la porte d'entrée retentit. Il va ouvrir. C'est Stéphanie qui vient lui apporter un gâteau qu'elle a fait. Elle espère qu'elle ne le dérange pas, voulant lui faire une surprise. Il bredouille que non, qu'il allait faire une pause. Elle est contente et il la laisse entrer. Elle pose le gâteau et au moment où ils vont parler, le portable de Richard sonne.

C'est Thomas qui lui annonce la venue d'une équipe de télévision pour faire un reportage sur lui. Richard lui dit que cela n'a jamais été prévu comme ça mais Thomas pense que c'est une bonne publicité pour la sortie de son livre : un reportage sur le lieu où il écrit sans dire où évidemment. Etant donné qu'il lui a affirmé que c'était la meilleure idée qu'il ait jamais eue, Thomas est persuadé que ça fera un succès, surtout si on y met les moyens en termes de communication. Il lui dit également que ça ne prendra pas longtemps. Juste après, on sonne.

Richard va ouvrir, suivi par Stéphanie. C'est l'équipe de télévision. Il y a beaucoup de monde et le journaliste, Guillaume Levarant, vient se présenter. Richard lui parle du coup de téléphone de Thomas et Guillaume lui explique qu'ils vont filmer le cadre de vie de Richard. Ils commencent alors par l'extérieur. Et là, Guillaume demande à Richard qui est la personne à côté de lui. Richard ne sait pas quoi répondre, en fait il ne la connaît pas vraiment. C'est alors que Stéphanie vient à son secours en se disant une de ses amies et surtout sa plus grande fan. Elle sourit en disant ça et Richard ne sait pas si c'est une bonne idée.

Plus tard, le reportage est diffusé et le passage où Stéphanie parle d'elle et Richard est mis en avant, surtout que les journalistes en rajoutent. Quand Estelle voit ça, elle pique une crise, le traitant de tous les noms, ne comprenant pas comment il a pu lui faire ça, lui mentir en disant qu'il préférait être tout seul pour écrire alors qu'il n'hésite pas à s'afficher avec la première femme venue. Elle est persuadée qu'elle veut se marier avec lui et décide d'aller sur place pour remettre les choses au clair avec Richard.

Le lendemain, Richard reçoit la visite d'Estelle. Il est surpris de la voir, ayant demandé à Thomas de ne dire à personne où il était, même si on a pu voir sa maison à la télévision. Effectivement, le lieu a été tenu secret. Là, Estelle se met en colère, lui disant qu'elle n'est pas n'importe qui, qu'elle est la fille de son éditeur et sa future fiancée et elle ne comprend pas comment il peut la traiter comme n'importe qui, surtout après l'avoir vu avec Stéphanie. Son père l'a compris et lui a finalement dit où Richard se trouvait. Celui-ci comprend pourquoi elle est en colère. En parlant, ils vont jusqu'à son bureau.

Stéphanie entre alors à ce moment-là, la porte d'entrée étant restée ouverte et elle les entend parler. Elle arrive devant la pièce où ils se trouvent mais hésite à aller voir Richard pour lui proposer des idées. Elle voit qu'Estelle n'est pas commode. Par contre, elle ignorait qu'ils étaient fiancés ou presque. Elle est un peu déçue mais en même temps, il ne lui a rien promis et elle, elle n'a rien demandé. Elle veut seulement l'aider, étant fan de son œuvre. Et aussi qu'il puisse l'aider à son tour, étant un professionnel. Le fait qu'il lui ai dit qu'elle avait du talent l'a confortée dans l'idée d'écrire mais c'est d'abord à lui qu'elle pense. Elle tient dans sa main une feuille où sont inscrites quelques idées mais elle préfère remettre ça à plus tard, quand Estelle ne sera pas là. Elle ne veut pas donner raison à la jalousie d'Estelle. Ils n'ont pas du tout remarqué la présence de Stéphanie qui s'en va.

Estelle dit à Richard qu'elle va vivre ici le temps qu'il écrive son roman. Richard ne sait pas quoi dire et essaie d'expliquer à Estelle qu'elle ne devrait pas rester ici, que ça ne sert à rien. Il va écrire la plupart du temps et ne pourra pas être disponible pour elle. Estelle lui dit qu'elle restera là pour le surveiller, afin qu'il n'aille pas voir ailleurs et qu'il aille au bout de son roman. Richard n'insiste pas. On vient alors voir Estelle pour lui dire que ses bagages sont arrivés. Elle sort de la pièce. Et dehors, le chauffeur de la voiture qui a amené une dizaine de bagages les sort du coffre et les dépose avant de les reprendre pour les emmener dans la maison sous le regard réprobateur d'Estelle qui lui dit de faire attention. Il soupire mais lui obéit. Il regarde Richard qui compatit. Il dit à Estelle de prendre la première chambre qui se trouve à l'étage à gauche. Elle monte avec le chauffeur à l'étage et elle s'installe dans la chambre, une fois tous ses bagages rentrés. Richard pense que la vie à la maison ne va pas être facile.

Les jours suivants, Estelle se met à surveiller Richard pour qu'il travaille et elle ne veut pas qu'il soit dérangé par Stéphanie alors que Richard lui dit qu'il est devenu ami avec elle et c'est tout. Néanmoins, depuis qu'Estelle est là, Stéphanie ne vient plus le voir. Estelle pense qu'elle avait raison, que Stéphanie voulait être seule avec Richard pour le séduire et elle se dit qu'elle a bien fait de venir, pour l'empêcher d'aller plus loin. Elle se dit qu'elle seule peut faire quelque chose pour lui. Et elle pense que Stéphanie l'a compris, c'est pour ça qu'elle préfère ne plus le voir. Elle sait qu'elle ne peut pas rivaliser avec elle mais en disant cela, Estelle ne semble pas sûre d'elle-même.

En fait, Stéphanie reste chez elle et vaque à ses occupations et un jour, elle parle avec une amie venue lui rendre visite, Laure Marront. Stéphanie est déçue de ne plus voir Richard mais elle n'a pas le droit d'interférer dans sa relation avec Estelle. Elle aimait pourtant bien discuter avec lui. Mais Laure lui dit qu'elle devrait quand même aller le voir, qu'il ne le lui a pas interdit et qu'elle ne fait rien de mal à lui parler. Stéphanie réfléchit et dit qu'elle a raison. Elle décide alors de se rendre chez Richard, même si Estelle est là.

Au même moment, Estelle aimerait parler à Richard de quelque chose d'important. Il laisse tomber ce qu'il faisait, en fait, rien mais il ne veut pas lui dire. Elle voudrait qu'il lui dise où ils en sont, eux. Elle attend une déclaration de sa part. Jusqu'à présent, elle ne disait rien car elle savait qu'il était seul et qu'un jour, il finirait par se rendre compte qu'elle était la femme de sa vie car elle est patiente mais quand elle l'a vu avec Stéphanie, elle s'est sentie en danger, surtout par rapport à ce qu'il lui avait dit, qu'il voulait rester seul pour écrire. Elle a eu l'impression qu'il lui mentait, qu'il lui cachait quelque chose. Il comprend ce qu'elle dit mais lui assure qu'il s'agit d'un quiproquo. Comme c'est sa voisine, même si la maison où elle vit n'est pas tout près, il est normal qu'elle vienne lui rendre visite. Mais Estelle veut surtout savoir quand ils pourront se marier. Richard est tellement surpris qu'il ne sait pas quoi dire. Le silence est pesant et il aimerait bien que quelque chose se passe. Soudain, quelqu'un klaxonne plusieurs fois. Intrigué, Richard va voir, suivi par Estelle.

Et là, il a la surprise de voir Mélanie Moran, son ex-femme. Il n'en revient pas qu'elle soit là et Estelle, qui a suivi Richard, non plus. Elle connaît Mélanie, c'est Estelle qui a incité Richard à la quitter, étant donné qu'elle ne s'intéressait pas à ce qu'il écrivait, alors qu'elle, elle était subjuguée par ses histoires, enfin c'est ce qu'elle disait. Quand Mélanie voit Estelle, un léger froid s'installe et Richard se retrouve au milieu. Il demande alors à Mélanie ce qu'elle fait là et surtout comment elle a su où il vivait. Elle lui sourit et lui dit que sur les réseaux sociaux, Estelle a fait quelques confidences. Richard la regarde mais Estelle ne dit rien. Elle semble réfléchir et dit que ce n'est pas possible que Mélanie le sache par ce biais-là, elle n'a mis l'information que pour ses amis. Mélanie lui sourit et lui dit qu'elle en fait partie. Estelle dit que ce n'est pas possible, jamais elle n'aurait accepté mais là, elle se souvient : quand quelqu'un fait une demande d'amis, elle ne regarde pas le nom et accepte, comme ça, elle sait qu'elle a plein d'amis. Elle s'en veut alors et se demande qui elle a bien pu accepter. Richard soupire et Estelle préfère ne rien ajouter. Richard redemande alors à Mélanie pourquoi elle est là. Elle lui dit qu'elle veut l'encourager pour qu'il réussisse son meilleur roman. Et puis, comme elle est en instance de divorce, ça lui fait du bien de revoir Richard même si leur vie n'a pas été des plus agréables. Il lui demande pourquoi elle va divorcer. C'est parce qu'elle ne l'aime plus. Il n'insiste pas pour en savoir plus.

A ce moment-là arrive Stéphanie qui vient prendre des nouvelles de Richard. Il bredouille et présente Stéphanie à Estelle et Mélanie. Stéphanie demande à parler en privé à Richard s'il veut bien. Il accepte et ils vont dans une pièce.

Mais Estelle et Mélanie les suivent et écoutent à la porte. Mais ils ne parlent pas fort. Richard s'excuse auprès de Stéphanie et lui dit qu'il voulait lui parler d'Estelle et de Mélanie mais il n'en a pas eu l'occasion. Stéphanie lui dit qu'il ne lui doit rien. Il fait ce qu'il veut. Mais elle aimerait quand même qu'ils continuent à discuter de son roman et aussi de celui qu'elle est en train d'écrire car elle attend qu'il lui dise en détaillant ce qu'il pense de ses idées et comment elle pourrait les améliorer. Richard est embêté car il ne sait plus trop où il en est. Et là, il dit la vérité à Stéphanie concernant son futur roman. Elle est surprise et aimerait qu'il lui explique pourquoi il dit partout qu'il l'a presque terminé. Elle ne le comprend pas. Il réfléchit et est sur le point de dire quelque chose quand Estelle et Mélanie entrent, en faisant croire qu'elles ignoraient qu'ils étaient là. Alors, Stéphanie préfère partir, disant à Richard qu'ils poursuivront leur discussion très intéressante une autre fois et Estelle et Mélanie demandent à Richard de quoi elle parle, une fois que Stéphanie est partie. Mais il leur dit que ce n'est rien d'important. Elles ne sont pas contentes.

Puis Mélanie demande à Richard où elle peut s'installer. Elle n'a pas l'habitude de s'incruster mais elle aimerait qu'il lui parle de son roman, comme à l'époque de leur mariage. Là, il se souvient et elle se fichait complètement de ce qu'il lui disait concernant ses histoires. Mais il préfère ne pas lui rappeler. Il lui demande de nouveau pourquoi elle est vraiment là. Alors, elle reste quelques instants songeuse puis lui avoue qu'elle l'aime encore et elle est sûre que lui aussi nourrit de tendres sentiments envers elle. Là, Richard est complètement désarçonné. Elle lui dit qu'elle a enfin compris quel auteur remarquable il est. C'est vrai qu'elle l'a laissé tomber quand il n'était plus aussi connu et qu'il vendait moins mais elle a fait une erreur et s'en veut. Elle voudrait qu'il lui laisse une nouvelle chance. Et en plus, son mari avec qui elle divorce ne l'a jamais traitée comme une reine, comme lui l'a fait. Richard lui demande alors ce qu'il fait comme métier. Elle hésite puis lui dit qu'il était directeur et le fait qu'il vient de perdre sa place n'entre pas en ligne de compte. Elle ne l'aime plus, c'est tout. Richard n'insiste pas et lui dit qu'il y a une chambre à l'autre bout de l'étage et qu'elle peut s'y installer mais il ne pourra pas beaucoup la voir, étant donné qu'il doit terminer l'écriture de son roman. Elle comprend et lui dit que le peu de temps passé avec lui sera suffisant pour faire battre son cœur. Richard ne dit rien et elle lui dit qu'elle a amené avec elle quelques bagages car elle savait qu'il ne la mettrait pas à la porte, gentil comme il est car il n'a pas changé. Richard lui sourit puis soupire, une fois qu'elle est partie.

Le lendemain, Richard est devant son ordinateur portable, prêt à essayer de commencer son roman mais il est souvent dérangé par Estelle ou Mélanie qui viennent voir où il en est et surtout, elles ne veulent pas laisser l'avantage l'une à l'autre et être le plus possible présente à côté de Richard. Elles trouvent n'importe quelle excuse pour venir le voir : savoir ce qu'il veut manger à midi, s'il veut aller faire un tour dans la forêt, etc. Celui-ci ne sait plus trop où il en est et a de moins en moins la possibilité d'écrire. Il aimerait bien aussi poursuivre sa conversation avec Stéphanie mais il ne sait pas comment la retrouver sans attirer l'attention sur lui, d'autant plus qu'il ne lui a jamais demandé son numéro de téléphone. Tout cela s'est passé si vite qu'il n'y a pas pensé. A un moment, il se lève et sort de la pièce. Il regarde autour de lui et ne voit personne. Il entend alors Estelle et Mélanie se disputer à son propos dans une autre pièce. Il en profite pour s'éclipser de la maison et marche dans la forêt.

Soudain, quelqu'un lui met une main sur l'épaule. Il se retourne : c'est Stéphanie qui attendait le meilleur moment pour venir le voir et lui parler. Quand elle l'a vu seul dans la forêt, elle s'est dit que le moment était venu. Il est content de la voir. Elle est pour lui sa seule véritable amie. Et il voudrait expliquer pourquoi il a menti concernant son roman. Il lui avoue qu'il n'a pas trouvé d'idées. Il n'arrive plus à écrire et il ne sait pas pourquoi mais tout le monde compte sur lui, en particulier Thomas et il ne veut pas le décevoir. Mais il s'est mis dans une situation dont il ne sait pas comment en sortir. Stéphanie réfléchit et lui dit qu'elle va essayer de trouver la solution. Elle lui donne alors son numéro de téléphone et lui aussi et ils se quittent.

Dans le même temps Estelle et Mélanie sont parties à la recherche de Richard dans toute la maison. Quand il les voit, il leur dit qu'il est parti se promener quelques minutes avant de retravailler et là, il est en pleine forme pour continuer. Elles ne disent rien mais sont méfiantes.

Plus tard, Richard regarde son téléphone portable en espérant que Stéphanie l'appelle mais Estelle vient le voir pour lui parler de son amour pour lui. Elle sait qu'ils sont faits l'un pour l'autre. Elle est prête à tout pour lui. Elle est sûre qu'il le sait et qu'il va bientôt le reconnaître. Richard ne dit rien et fait semblant d'écrire. Estelle, sentant qu'elle dérange, s'en va. Mélanie arrive à son tour et dit à peu près la même chose à Richard. Il fait de nouveau semblant d'écrire mais Mélanie lui dit que s'il veut être cohérent, il ferait bien d'enlever l'écran de veille. Richard est embêté et Mélanie s'en va.

C'est alors que Richard reçoit un coup de téléphone de Caroline Baret, sa meilleure amie d'une époque, qu'il n'a pas vue depuis longtemps. Elle voudrait lui parler de quelque chose d'important. Il hésite car avec tout ce qui lui arrive, il ne pense pas que ce soit une bonne idée mais elle insiste car ce qu'elle a à dire est vraiment sérieux. Il finit par accepter et commence à lui donner son adresse mais elle lui dit qu'elle la connaît déjà, étant amie sur les réseaux sociaux avec Estelle. De plus, elle est là, à l'extérieur. Elle était sûre que Richard allait accepter. Il ouvre la porte d'entrée. Elle est juste derrière, souriante, avec ses bagages. Au même moment arrivent Estelle et Mélanie qui voulaient revenir à la charge concernant leur amour pour lui. Quand Estelle et Mélanie les voient ensemble, Estelle la reconnaît aussi et ne l'aime pas et c'est réciproque. En fait, Estelle a fait en sorte que Caroline ne soit plus amie avec Richard. Caroline demande à Richard s'ils peuvent parler dans un endroit discret car elle veut rester seule avec lui. Il l'emmène alors dans une grande pièce. Estelle et Mélanie veulent les accompagner mais Richard ne préfère pas. Quand ils sont entrés dans la pièce, Richard ferme la porte mais Estelle et Mélanie sont derrière, en train d'écouter.

Caroline lui dit alors qu'elle a rêvé de lui il y a une semaine et elle ne comprenait pas pourquoi, étant donné qu'ils ne se sont pas vus depuis des années. Comme elle fait attention aux signes, à l'astrologie, elle a fait son thème astral et elle a découvert qu'ils étaient faits l'un pour l'autre. Elle a trouvé son âme sœur et c'est pour ça qu'elle est là. Richard ne sait pas quoi dire. C'est alors qu'Estelle et Mélanie entrent en trombe dans la pièce disant que Richard a déjà trouvé son âme sœur et chacune se montre en disant que c'est elle son âme sœur. Mais elles se disputent, Estelle disant à Mélanie qu'elle est plus l'âme sœur de Richard qu'elle et inversement pour Mélanie. Elles regardent toutes les trois Richard, attendant sa réaction mais il ne dit rien et préfère partir. Là, elles se mettent en colère et se disent chacune être l'âme sœur de Richard. Il soupire, se demandant comment il peut écrire dans ces conditions. Il pense alors à Stéphanie et aimerait qu'elle soit là. En même temps, il se dit que ce ne serait peut-être pas une bonne chose.

Le lendemain, Caroline n'arrête pas de suivre Richard où qu'il aille. Estelle et Mélanie restent à proximité pour voir comment ça se passe entre Caroline et Richard. Elles interviendront si elles voient que la situation leur échappe. Il demande à Caroline de le laisser car il a du travail. Mais elle lui affirme qu'étant son âme sœur, elle peut lui apporter plein de choses pour écrire son histoire. Il peut même l'intégrer dans son récit. Elle ignore de quelle histoire il s'agit mais elle est persuadée qu'elle y a sa place. Richard préfère ne pas répondre et ferme la porte au nez de Caroline. Estelle et Mélanie, qui ont tout vu, sourient et lui disent qu'elle n'a pas de chance et Estelle rajoute que de toute façon, Richard ira avec celle qu'il aime le plus. C'est pour ça qu'il n'a pas voulu froisser Caroline car Richard n'aime qu'elle et elle seulement. Mais Mélanie n'est pas d'accord et Caroline affirme à Estelle que c'est faux et que lorsqu'il se rendra compte qu'elle est la femme de sa vie, il virera Estelle et Mélanie de la maison et ils finiront ensemble, coulant des jours heureux. Estelle et Mélanie se mettent en colère après Caroline et Richard entend leur dispute. Il décide de se faufiler par la fenêtre de la pièce.

Et quand il se retrouve à l'extérieur, il peut respirer. C'est alors que Stéphanie apparaît. Il est content de la voir et ne sait pas combien de temps il va pouvoir supporter cette situation. Stéphanie est sûre qu'il trouvera la solution de son problème mais il doit puiser au plus profond de lui-même pour savoir ce qui ne va pas, quel est véritablement son but. Richard n'arrive pas à trouver ce qui ne va pas chez lui, d'autant plus qu'il est tout le temps confronté à Estelle, Mélanie et Caroline mais il sait aussi qu'il n'aurait jamais dû inventer le fait d'avoir presque terminé son roman. Car, là, Thomas va vouloir savoir quand il l'aura fini et Richard se sent bien en peine de lui dire la vérité. Estelle, Mélanie et Caroline se mettant à l'appeler en criant, Richard préfère les rejoindre avant qu'un esclandre ne se produise et Stéphanie s'en va.

Plus tard, Richard, qui s'était décidé à vraiment commencer son roman mais en proie au doute après sa conversation avec Stéphanie, est encore dérangé mais cette fois-ci par la visite de Bertrand Larrangeur qui se présente comme coach. Il est prêt à lui fournir ses services. Richard lui demande de quoi il pourrait bien avoir besoin. Bertrand lui parle alors de sa future célébrité une fois que son prochain roman battra des records de vente. Il sait qu'il a déjà connu ça, mais de la façon dont tout le monde parle de son futur succès, il aura besoin de conseils pour gérer cette nouvelle célébrité. Il lui montre alors un contrat qu'il a écrit et quand Richard lit combien il lui demande, il fait de grands yeux et ne sait pas quoi dire. Il lui demande alors s'il n'a pas mis un zéro de trop. Bertrand lui dit que non. Richard lui dit alors que pour l'instant, il n'a pas besoin de ses conseils. Il y pensera le moment venu. Bertrand est vexé.

Le lendemain, Richard reçoit un appel de Thomas, et Richard sait pourquoi il l'appelle : il veut savoir quand il aura terminé son roman. Mais Thomas lui dit que ce n'est pas ça, il sait que Richard aura bientôt terminé son roman, il lui fait confiance pour ça. En fait, il a quelque chose à lui proposer : faire une soirée en direct à la maison avec différents professionnels du roman policier pour une conférence où il sera l'invité d'honneur. On lui posera toutes sortes de questions et il pourra parler à son aise de sa passion pour le thriller. Il y aura un présentateur. Et il y aura aussi du public. Richard hésite mais Thomas insiste en lui disant que cela fera une énorme publicité pour son roman quand il sortira. De toute façon, tout est déjà prévu et la conférence aura lieu le lendemain soir. Richard voit qu'il est obligé d'accepter mais il pose une condition : il ne tient pas à ce qu'il soit fait référence au sujet de sa prochaine histoire. Il ne l'a dit à personne et il ne tient pas à le faire tant qu'il ne l'aura pas terminée. Thomas lui donne sa parole.

Plus tard, Richard se trouve dans la salle à manger. Il est devant son ordinateur portable et Stéphanie entre dans la pièce. Elle sait qu'ils ne seront pas dérangés car Estelle, Mélanie et Caroline sont dehors en train de se disputer. Elle demande à Richard s'il a réfléchi à ce dont ils ont parlé, pourquoi il n'arrive pas à écrire. Il se lève et fait quelques pas. Il s'arrête devant Stéphanie en lui demandant si elle, elle le sait. Stéphanie le regarde et lui dit que c'est peut-être parce qu'il n'a plus envie d'écrire des romans policiers. Il lui dit que non, qu'il a encore envie, c'est toute sa vie, il le sait. Elle s'approche de lui et lui demande s'il en est vraiment sûr. Il soutient son regard et finit par douter. Il repart à sa place, s'asseyant lourdement. Il reste prostré puis regarde Stéphanie en lui demandant comment elle a pu comprendre ça, surtout que lui n'a pas réussi alors que c'est quand même de lui dont il s'agit. Stéphanie réfléchit et lui dit qu'un auteur de romans policiers qui repousse le moment de se mettre à écrire n'a pas vraiment envie d'écrire. Il dira que c'est parce que des choses se passent, qu'il est tout le temps dérangé, et c'est vrai mais jusqu'à un certain point. Car, si vraiment il avait eu envie d'aller jusqu'au bout de son roman, il aurait trouvé le moment et le moyen d'écrire malgré tous les obstacles placés devant lui, même s'il avait dû écrire la nuit. Il fait signe avec sa tête qu'elle a raison. Il se lève et vient vers elle. Il lui dit qu'elle lui a ouvert les yeux. Il va s'arrêter d'écrire, il vient de le comprendre, grâce à elle et là, il est soulagé. Mais Stéphanie lui dit que ce n'est pas tout à fait vrai. Il ne comprend pas ce qu'elle veut dire. Elle lui dit qu'il a quand même envie d'écrire mais plus des romans policiers, plutôt un autre style de romans. Elle lui demande alors s'il n'a jamais eu envie d'écrire autre chose que des thrillers. Il réfléchit au plus profond de lui et finit par lui dire qu'elle a encore raison.

C'est vrai qu'il a toujours eu envie d'écrire des poésies, d'ailleurs, avant d'écrire des histoires policières, il a noirci des pages entières de carnets avec des poèmes mais jamais il ne lui est venu à l'idée de les publier car il ne pensait pas que cela intéresserait quelqu'un et en plus, comme son premier succès a été un thriller, il s'est senti obligé d'en écrire un autre, puis un autre, puis un autre et il a abandonné la poésie. Et en plus, il avait du talent pour écrire des thrillers. Tout le monde attendait son prochain roman. Alors, pourquoi aurait-il écrit autre chose ? Et il ne pouvait pas décevoir son éditeur, ses lecteurs et lui-même, du moins le croyait-il jusqu'à cet instant. Grâce à Stéphanie, il a enfin compris ce qui ne va pas, pourquoi il n'a plus d'inspiration, pourquoi il se répète dans ses derniers romans. Mais là, découvrant cela, il est complètement chamboulé. Il ne sait pas comment tout cela va finir. Stéphanie est sûre que tout se passera bien. Puis elle sort de la pièce, entendant arriver Estelle, Mélanie et Caroline toujours en train de crier. Richard reste pensif.

Le jour suivant, Richard, toujours troublé par sa conversation avec Stéphanie, doit quand même penser à la conférence sur le roman policier. Il sait qu'il ne peut pas y déroger. Il accueille donc les différents invités : Il y a là Constance Linert, une libraire qui s'est spécialisée dans la littérature policière et qui possède une importante librairie à Paris, Jaques Carnot, un ancien éditeur qui a voulu faire de la littérature policière sa marque de fabrique mais il choisissait des auteurs que personne ne connaissait et il a fait faillite, Gilles Lanard, un journaliste spécialisé dans la littérature policière, Suzie Lomont, une actrice qui doit bientôt jouer le rôle d'une détective dans un film, Denis Malcolm, un ancien détective privé et Joanne Sibert, fan de romans policiers qui connaît par cœur les romans qu'elle a lu et elle en a lu beaucoup. Tous sont là pour parler de littérature policière et surtout poser des questions à Richard concernant sa vie, son œuvre, etc.

Le soir arrive. Tout est en place et Richard est un peu tendu mais il peut compter sur la présence de Stéphanie qui est venue l'encourager, condition de Richard pour mener à bien la conférence, et ce malgré les reproches d'Estelle, de Mélanie et de Caroline qui ne sont pas contentes de la savoir là. Thomas est bien sûr présent, ravi de cette soirée. Le présentateur s'appelle Martial Billard. Et il y a un certain nombre de personnes qui ont gagné le droit de participer à la conférence après avoir joué à un jeu comportant des questions sur Richard et son œuvre. La conférence commence par une question du journaliste concernant le dernier roman de Richard. Mais celui-ci ne tient pas à en dire quoi que ce soit car il veut garder son histoire secrète. Mais Gilles insiste. Néanmoins, Richard reste intraitable. Les autres invités commencent à poser des questions à Richard mais qui n'ont pas grand-chose à voir avec son talent : depuis quand connaît-il Estelle et est-il vrai qu'ils vont bientôt se marier, comment dépense-t-il son argent, quel est son aliment préféré, est-ce qu'il regarde des séries policières à la télévision ? Et à chaque fois, Gilles relance Richard pour avoir l'idée de son histoire. Richard commence à perdre patience. Mais il essaie de garder son calme et de répondre poliment et posément à chaque demande sauf à Gilles. Alors, les autres invités se mettent à parler d'eux-mêmes, de leur vie, de leurs succès et de leurs défaites. Martial ne sait plus où donner de la tête et à chaque fois que l'un d'eux parle de sa propre personne, il essaie de rediriger le débat sur Richard. Mais on dirait que chacun d'eux fait sa propre publicité. A un moment, Joanne pose une question à Richard sur son intérêt pour le thriller mais il ne sait pas quoi répondre. Un silence s'ensuit, pesant. Thomas est surpris de l'attitude de Richard. Stéphanie est embêtée, se sentant en partie responsable de la situation. Martial dit à Richard que c'est le moment pour lui de dire ce qu'il pense du thriller. Il est là pour ça.

Alors, Richard commence à dire qu'en fait, il n'aime pas le thriller. Là, Thomas est complètement désorienté. Il croit que Richard est en train de faire une blague. Mais Richard insiste en ajoutant qu'il ne sait pas s'il n'a jamais aimé écrire des romans policiers car en fait, ce qu'il veut avant tout, c'est écrire de la poésie. Les invités se regardent, se demandant ce qui se passe. Dans le public, on chuchote. A ce moment-là, Richard sort une feuille où il a écrit un poème et le lit. On voit bien qu'il est vraiment passionné par ce qu'il a écrit. Stéphanie n'en revient pas de ce qui se passe. Estelle, Mélanie et Caroline pensent qu'il a trop écrit et qu'il a besoin de décompresser. Martial pose une question à Richard sur son nouveau roman. Et là, Richard avoue devant tout le monde qu'en fait, il n'a rien écrit, il n'a même pas la moindre idée de ce qu'il aurait pu écrire. Thomas ne dit rien et devient pâle. Richard sait que son contrat va être rompu car il ne livrera pas son dernier roman à temps mais il s'en fiche car il sait maintenant ce qu'il veut écrire et il l'éditera lui-même, grâce à l'argent qu'il a gagné avec ses romans policiers.

C'est alors que Stéphanie prend la parole. Elle dit qu'elle publiera le premier recueil de poésie de Richard car elle est très riche. Richard la regarde sans comprendre. Elle le rejoint et lui dit qu'elle ne lui a pas tout dit sur elle. En fait, ses parents sont morts deux ans plus tôt dans un accident et ils étaient immensément riches. Ils lui ont tout léguée, étant fille unique. Elle ne le lui a pas dit car elle ne savait pas comment il allait réagir, comment il allait se comporter envers elle. Mais elle était vraiment comptable avant. Maintenant, elle n'a pas besoin de travailler pour vivre. Mais elle voulait faire quelque chose qui la passionne, et grâce à Richard, elle a trouvé ce que c'était : écrire et devenir éditrice. Et le recueil de poésies de Richard sera le premier livre qu'elle publiera à moins qu'elle ne termine son propre roman policier avant qu'il n'ait fini d'écrire son recueil poétique. Richard semble soulagé. Il prend le visage de Stéphanie entre ses mains et lui dit qu'il l'aime avant de l'embrasser.

Le public ne comprend pas trop ce qui se passe et Martial est le premier à applaudir suivi par toutes les personnes présentes, même Estelle, Mélanie et Caroline qui se sentent obligées. Au même moment, Mélanie est surprise car elle voit son mari qui lui fait signe. Il était là depuis le début de la soirée, attendant le moment propice pour lui parler. Il est prêt à accepter tout ce qu'elle désire pour qu'elle reste avec lui. Il a compris qu'elle était la femme de sa vie et qu'il ne pouvait pas vivre sans elle. Il fera d'elle la femme la plus heureuse qui soit. Et il rajoute qu'il a gagné au loto. Là, Mélanie dit qu'elle est d'accord et se prépare à partir en disant à Estelle et Caroline qu'elle ne divorce plus et qu'elle n'a plus aucune raison de rester ici, ne s'intéressant plus à Richard. Elle leur laisse. Quand elle voit Stéphanie et Richard toujours enlacés, Caroline pense que les astres se sont trompés et elle hausse les épaules. Estelle n'est pas contente et va se plaindre auprès de Thomas qui a du mal à réaliser ce qui est en train de se passer. Bertrand vient voir Richard pour proposer ses services mais Richard dit qu'il n'est toujours pas intéressé. Caroline demande à Bertrand ce qu'il fait et il lui dit qu'il est coach et elle dit qu'elle aussi est coach, coach de développement personnel. Elle lui demande alors quel est son signe astrologique et l'emmène avec elle sous le regard amusé de Richard. Stéphanie et lui ne se quittent plus et ils s'embrassent de nouveau.

Plusieurs mois se sont écoulés.

Richard et Stéphanie sont dans une librairie et ils dédicacent ensemble, lui son premier recueil de poésies, elle son premier roman policier. Arrivent alors Estelle accompagnée d'un homme. Elle le présente à Richard : Quentin Basset. C'est la nouvelle star du roman policier éditée par Thomas dont le premier livre est devenu un best-seller. Il lui dit qu'il est devenu ce qu'il est grâce à lui, en regardant la soirée. Il hésitait à se lancer dans l'écriture et quand il a vu et surtout entendu Richard parler de sa passion avec tellement de force, il s'est décidé et il a proposé un roman policier qu'il avait commencé à écrire des années auparavant et Thomas a vu en lui le successeur de Richard. Celui-ci est content pour lui et lui souhaite de réussir et d'avoir ce qu'il a, lui : une passion et une femme qu'il aime et qui l'aime. Et là, Stéphanie et Richard se regardent en souriant.

FIN

LES AMIS D'EMILIE

Emilie Lebrun, trente ans, est à la table d'un restaurant. En face d'elle se trouve un homme qui n'arrête pas de lui faire des compliments, sur sa beauté, sur son intelligence, sur sa façon d'être. Il lui prend la main et la regarde droit dans les yeux. Elle ne réagit pas, le regardant mais de façon moins intense que lui. Il donne un baiser sur sa main puis la regarde en disant qu'il l'aime, qu'il n'a jamais aimé qu'elle et qu'il l'aimera toujours. Emilie hausse alors les sourcils puis prend son sac et en retire des photos. Elle lui en tend une en lui demandant qui est la femme qu'il est en train d'embrasser. L'homme regarde la photo et est un peu embêté. Il réfléchit puis lui dit qu'il s'agit de son frère jumeau. Emilie secoue la tête en soupirant. Elle se lève et il lui demande si elle n'a pas oublié quelque chose. Elle lui demande ce que c'est. Il lui montre alors la note et lui parle de sa part. Elle sort son portefeuille et dépose un billet de vingt euros avant de partir. Il lui dit alors qu'ils peuvent rester amis, si elle veut.

Emilie est dans un magasin de vêtements quand elle reçoit un appel de Claire Morin. Celle-ci voudrait la voir pour lui parler de son mariage auquel Emilie participe. Elles se donnent rendez-vous pour une heure plus tard.

Une heure après, elles sont à la terrasse d'un café et elles parlent des préparatifs du mariage et Claire est désolée pour Emilie concernant son ex. Elle ne l'aurait pas cru capable de ça. Elle s'en veut car c'est elle qui le lui a présenté. Mais Emilie ne lui en veut pas. La vie est ainsi faite et elle doit aller de l'avant. Et elle sait qu'elle peut compter sur ses amis pour lui faire découvrir la face cachée des personnes qu'elle rencontre. Ce sont eux qui ont suivi l'ex pour en savoir plus sur lui, comme ils font à chaque fois qu'Emilie rencontre un homme. Et là, ils ont découvert qu'il l'a trompait. Claire est contente que ça se termine comme ça, qu'elle n'ait pas eu à le découvrir trop tard. Et elle est sûre qu'Emilie trouvera un homme qui soit vraiment digne d'elle. Emilie l'espère aussi, même si elle en est de moins en moins sûre. Mais elle préfère garder le moral et y croire, ne fut-ce qu'un tout petit peu.

Une semaine plus tard, le mariage a lieu. Et c'est alors qu'Emilie a l'impression de reconnaître l'un des invités, un ami de Claire. Elle s'approche de lui et voit bien qu'il s'agit de lui : Daniel Domberton, trente ans. Il la reconnaît aussi et est content de la revoir, surtout après ces cinq ans où ils se sont perdus de vue. Claire les voit ensemble et leur demande d'où ils se connaissent. C'est Emilie qui le lui explique : cela fait plus de dix ans qu'ils se connaissent. Ils habitaient la même ville et travaillaient au même endroit, dans une banque. D'ailleurs, elle travaille toujours dans une banque, lui aussi. Ils s'entendaient bien et étaient devenus amis assez vite. Il a toujours été là pour elle et l'a toujours respectée. Mais elle a fini par s'en aller de la ville et il n'a plus eu de ses nouvelles. Il n'a jamais su vraiment pourquoi. Emilie lui dit qu'ils en reparleront plus tard. Elle lui demande s'il veut venir à sa table. Il accepte. Il s'assied à côté d'Emilie et autour de lui, il voit les six amis d'Emilie. Elle les lui présente : Ghislain Legarek, qui travaille dans la décoration, Karl Mostant, qui travaille dans la sécurité, Lisa Carlisse, qui travaille dans une grande société spécialisée dans le digital, Lucas Malbertuis, qui travaille dans la restauration, Félix Lemans, qui cherche du travail et qui aime bien rire et Mélissa Doulan, qui elle aussi cherche du travail et est chanteuse dans un groupe de rock. Durant le reste de la cérémonie, les amis d'Emilie ne disent rien mais Daniel se sent observé de toutes parts. Il parle avec Emilie et essaie d'engager la conversation avec ses amis mais ils sont suspicieux et il ne sait vraiment pas quoi dire. Emilie est contente d'avoir tous ses amis autour d'elle.

Les jours suivants, Emilie et Daniel se voient souvent. Ils parlent de choses et d'autres et un sentiment amoureux finit par naître entre eux. Il lui avoue qu'il a toujours été amoureux d'elle mais il ne savait pas comment le lui dire sans risquer de gâcher leur amitié. Là, il se rend compte qu'ils ont une chance d'être ensemble et Emilie le pense aussi. Elle a toujours apprécié la présence de Daniel et ça aurait pu marcher entre eux avant. Elle ne se sent pas encore prête à lui dire pourquoi elle est partie mais elle le fera, il peut en être sûr. Ce qui compte pour elle, c'est que tout se passe bien entre eux. Daniel a toujours l'impression de voir quelqu'un qui le surveille. Et il a raison. Emilie lui dit alors que ce sont ses amis qui se relaient pour en quelque sorte le surveiller, pour voir s'il se conduit bien avec elle. Ça ne la dérange pas plus que ça. Elle se sent en quelque sorte en sécurité et ils ne sont pas dangereux. Il risque de les voir personnellement les jours d'après. Ils vont sûrement lui poser des questions, le jauger mais il ne doit pas s'en inquiéter. Elle ajoute que s'ils doivent devenir un peu plus proches que de simples amis, il devra l'accepter car c'est grâce à eux qu'elle est parvenue à voir le véritable visage de ses prétendants. Jusqu'ici, aucun ne lui a convenu mais peut-être que cette fois, ça ira avec Daniel car elle le connaît déjà, mais pas eux. Daniel se demande vraiment jusqu'où ça va aller mais comme il aime Emilie, il va faire en sorte de les accepter, quoi qu'ils fassent.

Plus tard, dans un parc, Daniel voit Emilie assise sur un banc. Elle est avec Mélissa qui n'a pas l'air contente. Elle regarde sa montre. Il regarde l'heure et est content car il n'est pas en retard. Il va pour les rejoindre quand un homme vient lui poser des questions pour un sondage. Ensuite, une personne âgée lui demande de l'aider à ramasser des papiers qui sont tombés d'un dossier. Il y en a un peu partout et il y a du vent mais Daniel réussit à tout récupérer mais le temps passe. Il se dépêche mais il est accosté par un homme qui dit le reconnaître. Il lui rappelle différents moments de leur vie mais il finit par s'apercevoir qu'il s'est trompé et en veut à Daniel de lui avoir fait perdre son temps, alors que Daniel n'a pas arrêté de lui dire qu'il n'était pas celui qu'il pensait. Enfin, Daniel se presse de rejoindre Emilie et Mélissa. Il s'excuse de son retard et il explique qu'il a été retardé. Mélissa le regarde méchamment en lui disant qu'il aurait pu trouver une autre excuse, qu'il est comme les autres, il n'assume pas d'être en retard. Daniel a beau expliquer qu'il était bien là à l'heure, Mélissa ne le croit pas. Emilie ne dit rien pendant plusieurs secondes puis lui dit que ce n'est rien, elle aussi, il lui arrive d'être en retard. Daniel ne sait plus quoi faire pour s'expliquer. Mélissa préfère partir.

Deux jours plus tard, Karl vient rendre visite à Daniel. Il dit qu'ils doivent se parler. Daniel est d'accord. Puis Karl regarde Daniel sous toutes les coutures. Il l'observe. Il prend du recul et a l'air de s'interroger. Il lui demande de parler. Daniel hésite puis bredouille quelques mots, ce qui rend Karl encore plus sceptique. Il ouvre la bouche pour dire quelque chose mais se retient au dernier moment. Daniel commence à trouver le temps long. Il veut bien parler avec lui mais si Karl ne dit rien, ça va être compliqué. Il a accepté de rencontrer Karl pour faire plaisir à Emilie mais là, il est sur le point de s'en aller. Il est en train de lui dire ça quand Karl continue à l'observer. Daniel lui demande alors pourquoi il fait ça. Karl lui répond qu'il veut garder de lui une image intacte car si Daniel s'occupe mal d'Emilie, il lui cassera la figure et les gens auront du mal à le reconnaître. Daniel ne sait pas quoi répondre. Karl, satisfait, lui dit qu'il peut y aller mais qu'il n'oublie pas ce qu'il lui a dit.

Plus tard, Daniel rencontre Ghislain qui veut lui poser des questions. Daniel accepte et ils s'arrêtent à un café. Là, Ghislain lui demande ce qu'il pense d'Emilie, ce qu'il peut lui apporter, ce qu'il est capable de faire pour lui montrer son amour, jusqu'où il est prêt à aller pour l'aimer, qu'est-ce qu'il a fait durant ces cinq dernières années, quel était le prénom de sa dernière petite amie, comment s'est passée leur rupture, pourquoi il l'a quittée, comment il procède pour faire des pâtes, etc. A chaque question, Daniel essaie de répondre mais Ghislain ne lui en laisse pas le temps, embrayant à chaque fois sur une nouvelle question. Il finit par lui dire qu'il sait à quoi s'attendre avec lui, comme il ne veut pas répondre à ses questions. Il s'est fait une idée sur sa personnalité. Daniel essaie de s'expliquer mais Ghislain est déjà parti. Daniel reste là, dépité.

Chez lui, Daniel reçoit la visite d'un ami, André Belletemps, Ça fait longtemps qu'ils ne se sont pas parlés. Daniel lui parle d'Emilie et de ses amis. Il est content de l'avoir retrouvée et surtout qu'elle ait accepté de sortir avec lui mais ce sont ses amis qui l'inquiètent. Surtout qu'Emilie n'est jamais restée longtemps avec un homme depuis qu'elle les connaît. Mais il espère quand même qu'ils finiront par l'accepter car il aime vraiment Emilie. Il a l'impression de vivre un rêve car il ne l'a jamais oubliée et tout au fond de lui, il espérait qu'un jour il pourrait la retrouver et que tout se passerait bien entre eux. André est content pour lui et le laisse.

Emilie et Daniel sont sur le bord d'une rivière. Ils sont en train de pique-niquer. Soudain, arrive Karl. Il regarde autour de lui et leur dit qu'ils n'ont pas à s'inquiéter, il est là pour sécuriser l'endroit. Et pendant tout le repas, il les dérange, entendant un bruit, voyant les feuillages bouger, pensant qu'un ennemi est là, prêt à bondir. Emilie et Daniel n'ont pas vraiment le temps de discuter. Ça fait rire Emilie de voir Karl s'activer mais Daniel, lui, ne rit pas. Il est un peu embêté. Quand enfin Karl décide de partir, il se met à pleuvoir.

Daniel rentre de son travail quand il rencontre Lisa. Elle veut lui parler. Elle doit faire des courses et lui demande de l'accompagner. Il accepte. Elle se rend dans un magasin de vêtements et en achète plusieurs. Elle lui demande s'il peut porter ses achats car elle a du mal à parler si elle n'est pas libre de ses mouvements. Il accepte. En même temps, elle lui parle de l'amour, de ce qu'il représente pour Emilie, de l'importance de la confiance dans un couple. Puis ils vont dans un magasin de chaussures et Lisa en essaie plusieurs, toujours en train de lui parler de l'amour. Elle en prend deux paires. Ensuite, ils se rendent dans un magasin d'alimentation et elle achète plusieurs produits. Daniel a de plus en plus de mal à porter tous les paquets. Enfin, ils arrivent dans un fast-food où ils mangent et Lisa continue à parler. Daniel est d'accord avec ce qu'elle dit. Puis ils vont chez Lisa pour déposer les affaires et elle lui dit qu'elle a été ravie de discuter avec lui, lui aussi. Là, il se sent soulagé car il pense qu'il a une alliée.

Emilie parle à Daniel d'un restaurant où elle a souvent été avec ses amis. Ils vont y aller.

Emilie et Daniel sont dans le restaurant. Le serveur arrive et leur propose la carte des plats. Emilie dit à Daniel qu'elle a très faim. Daniel lui dit qu'elle peut prendre ce qu'elle veut, c'est lui qui paie tout. Soudain, Daniel voit Lucas à la place du serveur. Il travaille dans ce restaurant et a pris la place de l'autre serveur, comme ça, cela lui permet de garder un œil sur Daniel. Celui-ci ne dit rien mais il est un peu embêté. Emilie est ravie que ce soit Lucas qui les serve. Lucas arrive à plusieurs reprises pour voir comment ça va.

Pendant ce temps, Mélissa, Karl, Ghislain et Lisa parlent de Daniel. Ils ont des avis différents mais ils conviennent que pour l'instant, Emilie se sent heureuse et cela seul compte. Mélissa réserve son avis sur lui, Ghislain et Karl sont sceptiques et Lisa pense qu'il est sincère.

Dans le restaurant, Lucas, voulant être au plus près d'eux, se conduit maladroitement : il fait tomber des plats, se trompe dans une commande et se met en colère contre un client qui n'a rien fait de mal. Emilie est ravie du dîner et Daniel trouve que tout est parfait. Ils se regardent dans les yeux et parlent d'amour. Soudain, une bagarre éclate après que Lucas a marché sur le pied d'un client. Tout est sens dessus dessous alors qu'Emilie et Daniel se disent des mots tendres en se regardant amoureusement. Ils finissent par s'en aller après avoir réglé l'addition auprès d'un serveur leur disant que Lucas est occupé. Ils sortent du restaurant et, toujours sur leur petit nuage, n'ont pas fait attention à ce qui s'est passé. Ils se disent qu'ils reviendront car tout était vraiment parfait, surtout l'ambiance.

Le lendemain, Daniel conduit et s'arrête à un feu rouge. Dans la voiture d'à côté, il voit Félix. Il fait semblant de regarder ailleurs mais Félix l'a vu. Il crie qu'il est content de le voir et dit à tout le monde autour de lui que Daniel est son meilleur ami, qu'il n'a jamais eu d'ami comme lui, qu'on ne fait plus d'amis comme lui. Daniel démarre en trombe mais Félix le suit. Daniel finit par s'arrêter devant un magasin et Félix lui dit qu'il est vraiment super content de le voir. Il lui raconte alors une blague et il rit aux éclats. Puis il se calme et demande à Daniel s'il ne peut pas le dépanner d'une vingtaine d'euros. Daniel était sûr que c'était pour ça qu'il voulait le voir. Et il lui donne l'argent qu'il a demandé. Félix, ravi, dit qu'il est vraiment le meilleur et qu'il lui racontera plus tard d'autres blagues. Puis il le laisse en criant qu'il est vraiment le meilleur ami qu'on puisse avoir.

Karl et Ghislain viennent rendre visite à Daniel à la banque où il travaille. Ils veulent lui parler mais il doit répondre aux demandes de différents clients. Karl commence à s'énerver et dit aux clients de laisser Daniel, il doit répondre à ses questions. Il leur fait peur et les collègues de Daniel ne savent pas trop quoi faire. Daniel leur dit que ce n'est pas grave, qu'il va arriver à tout gérer mais Karl et Ghislain se font de plus en plus pressants. Le supérieur de Daniel vient le voir et lui demande si tout va bien. Daniel dit que tout est parfait, il doit seulement s'occuper d'un problème. Il prend sa pause et les emmène à l'extérieur. Là, Karl et Ghislain disent qu'ils le trouvent un peu nerveux, ils ne sont pas sûrs qu'il puisse convenir à Emilie. Il leur affirme qu'il l'aime et qu'il fera tout pour elle. Il est de plus en plus nerveux et Karl et Ghislain lui disent qu'ils veulent bien lui donner le bénéfice du doute mais ils seront toujours là où qu'il soit avec Emilie et si jamais il se conduisait mal avec elle, ils recommenceront ce qu'ils ont fait et tous les jours. Le supérieur de Daniel, qui était aussi sorti, leur dit que Daniel fera tout ce qu'ils leur demandent concernant Emilie, qu'ils n'ont pas à s'en inquiéter, qu'il s'en occuperait lui-même si Daniel n'était pas correct avec elle. Et là, Ghislain et Karl sont satisfaits. Daniel et son supérieur rentrent dans la banque. Soudain, la porte s'ouvre et Karl apparaît, disant qu'il peut surgir d'un instant à l'autre si ça ne va pas. Puis il disparaît aussi vite qu'il est apparu. Le supérieur de Daniel lui dit qu'il n'a pas intérêt à se conduire mal avec Emilie. Daniel soupire et reprend son travail.

Plus tard, Daniel sort de son travail et tombe sur Lisa qui a appris ce qui s'est passé et qui en est désolée. Elle lui dit qu'elle sait que ça ne doit pas être facile mais il faut les comprendre et tout finira par se tasser. Daniel la remercie et espère que l'avenir sera comme elle dit.

Le lendemain après-midi, comme c'est samedi, Daniel se rend chez Emilie. Il ne sait pas comment lui dire ce qu'il pense de ses amis. Il ne veut pas la froisser mais il commence à perdre patience. Elle a appris ce qui s'est passé à son travail et en est désolée. Puis il lui dit qu'il a remarqué que ses amis lui sont vraiment fidèles et il trouve ça bien. Mais il ne faudrait pas que leur présence les empêche d'être heureux ensemble. Emilie lui dit qu'ils ne la dérangent pas. En fait, elle a pris l'habitude de leur présence et cela lui a servi un grand nombre de fois. Non seulement, ils lui ont permis de voir la face cachée des hommes qui la draguaient mais en plus, ils ont toujours été là pour la soutenir quand elle était au plus bas après l'une ou l'autre de ses ruptures. Il ne lui viendrait pas à l'idée de leur dire de la laisser. En fait, elle ne veut pas qu'ils changent et elle est sûre qu'une fois qu'ils seront sûrs de Daniel, ils seront de moins en moins présents. Daniel lui demande si cela a déjà été le cas et elle lui répond que non, car aucun homme avant Daniel n'est parvenu à prendre son cœur. Grâce à ses amis, elle s'est arrêtée juste à temps avant de le regretter une fois qu'elle aurait vu leur véritable visage. Daniel lui demande alors si elle est sûre qu'un jour, ils la laisseront vivre sa vie, même quand ils seront sûrs qu'elle aura enfin trouvé l'amour. Emilie ne répond pas. Ce qu'elle sait, c'est qu'elle leur doit de ne pas avoir eu de déboires qu'elle aurait eu s'ils n'avaient pas été là. Elle ne peut pas leur dire de s'en aller de sa vie. Daniel lui dit que ce n'est pas ce qu'il demande mais il préfère ne pas insister, pour l'instant.

Emilie a invité ses amis et Daniel à venir manger chez elle. C'est elle qui a tout fait avec Mélissa. Mais celle-ci a fait certains plats que Daniel ne connaît pas. Durant tout le repas, ils discutent de tout et de rien mais ne manquent jamais une occasion de questionner Daniel sur sa vie, sur ce qu'il est, sur ce qu'il aime. Quand il ne répond pas, en train de manger, ils pensent qu'il a quelque chose à cacher et quand il répond alors qu'il est en train de manger, ils pensent que c'est malpoli de parler quand on mange. Daniel ne sait plus quoi dire. A un certain moment, il hésite à manger un plat qu'on lui propose. Mélissa le regarde d'une façon suspecte et lui dit que c'est elle qui a fait ce plat et qu'il a intérêt à le manger ou elle pourrait le prendre mal et là, elle dirait à Emilie de le quitter. Daniel se met alors à manger et trouve ça bon mais Mélissa ne sait pas si elle doit le croire. Lisa lui dit de le laisser. Le repas continue et Emilie est contente d'avoir autour d'elle tous ses amis et elle porte un toast. Tout le monde lève son verre et Mélissa dit à Emilie de se méfier car Daniel a tendance à lever son verre d'alcool avec beaucoup d'entrain. Emilie ne dit rien mais Mélissa dit qu'elle va le surveiller. Daniel préfère poser le verre mais là, Mélissa n'est pas contente car elle a l'impression qu'il ne veut pas porter de toast avec les amis d'Emilie. Daniel reprend alors son verre et ils boivent tous une gorgée. Mélissa semble satisfaite. Daniel se demande comment va se passer le reste du repas. Il se sent scruté sans arrêt alors qu'Emilie rit souvent. Le reste du repas se passe bien, les amis d'Emilie étant de plus en plus à l'aise avec Daniel, riant en repensant à ce qu'ils ont fait, en particulier Karl et Ghislain. Chacun est sûr que Daniel est celui qu'il faut à Emilie. C'est le seul qui ait tenu aussi longtemps avec eux. Daniel se sent un peu soulagé même si, dans certaines phrases prononcées par les amis d'Emilie, il retient parfois une sorte de menace, même dite en souriant.

Le repas se termine et une fois que les invités sont partis, Emilie dit à Daniel qu'elle est vraiment satisfaite. Elle affirme à Daniel qu'il n'a plus rien à craindre, elle a l'impression que ses amis ont une assez bonne opinion de lui. Il verra que tout ira bien et qu'elle est enfin heureuse, elle qui attendait ce jour depuis vraiment très longtemps. Daniel est content mais espère vraiment que le temps des tests et des questions est passé. Ils se sourient et finissent par s'embrasser.

Le lendemain, Emilie et Daniel se promènent main dans la main dans la rue mais Daniel regarde quand même aux alentours voir si les amis d'Emilie sont là. Et il est soulagé quand il n'en voit aucun. Mais c'est alors qu'apparaît un homme qu'Emilie a l'impression de connaître. Quand elle le voit de plus près, elle ne bouge plus puis elle reconnaît un ancien petit ami : Bastien Keller. Celui-ci est surpris de la voir et ne sait pas quoi dire. Emilie est nerveuse et finit par lui demander comment il va. Et c'est là qu'il lui dit qu'il ne l'a jamais oubliée. Elle ne sait vraiment pas quoi répondre et Daniel voit bien qu'il se passe quelque chose. Emilie le présente à Bastien et celui-ci sourit en le voyant.

Daniel ne sait pas comment le prendre mais ne dit rien. Emilie demande à Daniel s'il veut bien les laisser quelques minutes, elle lui expliquera plus tard. Daniel est contrarié mais accepte quand même. Il les voit partir. Les amis d'Emilie arrivent à leur tour. Ils étaient quand même là mais un peu plus loin. Ils lui disent qu'ils connaissent Bastien, en fait, ils ne le connaissent pas personnellement mais Emilie leur en a parlé à plusieurs reprises quand elle a commencé à les fréquenter. Daniel voudrait en savoir plus mais ils lui disent que ce n'est pas à eux de lui en parler, il n'aura qu'à demander à Emilie. Daniel n'insiste pas, mais il se sent inquiet, se rendant compte qu'il ne sait pas tout sur elle.

Plus tard, Emilie revient vers Daniel et lui dit qu'ils peuvent se rendre dans les différents magasins dans lesquels ils prévoyaient d'aller. Daniel essaie de savoir ce qu'elle a dit à Bastien mais elle lui dit qu'il n'a pas à se montrer jaloux, il n'y a pas de raison. Daniel a beau dire que ce n'est pas du tout une question de jalousie mais il aimerait quand même bien en savoir plus sur lui. Emilie ne répond pas et il n'insiste pas.

Le soir, alors qu'ils sont chez elle, Emilie finit par parler de Bastien à Daniel : il y a six ans, Emilie a rencontré Bastien et ils se sont plus. Elle a fini par emménager avec lui et ont vécu comme cela pendant un an. Mais un jour, la meilleure amie d'Emilie, qui était également sa collègue, lui a dit que Bastien avait couché avec une autre femme. Enervée, trahie, Emilie a décidé de coucher avec un autre homme pour se venger. Puis ils se sont quittés. En fait, Bastien ne comprenait pas pourquoi elle le quittait. Il disait qu'il n'avait rien fait, que la collègue d'Emilie avait tout inventé. Après son départ, l'amie d'Emilie lui a avoué qu'elle avait menti, pour lui faire du mal, car elle ne supportait pas qu'elle soit heureuse et elle non. Elle aurait bien voulu aller avec Bastien mais Emilie a été plus rapide qu'elle. Emilie n'en revenait pas. Elle s'est sentie coupable et elle a préféré s'en aller de la ville où elle vivait pour changer de vie car à chaque fois qu'elle se promenait dans un quartier ou l'autre, tout lui rappelait Bastien et elle s'en voulait de l'avoir trompé alors qu'il n'avait rien fait. Mais elle ne se sentait pas capable de revenir vers lui car elle l'avait quand même trompé.

Mais quand elle a revu Bastien, elle ne savait pas trop quoi faire. C'est pour ça qu'elle a préféré parler avec lui pour s'expliquer. Daniel comprend mais il lui demande pourquoi, à l'époque, elle ne lui en avait jamais parlé, surtout, pourquoi elle était partie sans rien lui dire, sans aucune explication. C'est vrai qu'il ne lui posait jamais de question sur sa vie privée. Il était là quand elle avait besoin de lui et il n'essayait jamais de la faire parler plus que nécessaire. Il ne tenait pas à ce qu'elle se sente obligé d'en dire plus qu'elle n'aurait voulu. Mais il aurait bien voulu en savoir un minimum pour pouvoir mieux l'aider. Emilie le regarde et lui dit que le jour où elle a couché avec un autre homme, avant de le faire, elle a essayé de joindre Daniel pour lui parler de Bastien et de ce qu'elle pensait qu'il avait fait. Elle voulait parler avec quelqu'un et à l'époque, il était le plus proche d'elle. En fait, elle est sûre que s'il avait été là pour elle ce jour-là, elle n'aurait pas couché avec un autre homme. Elle était vraiment énervée contre Daniel. Il faut qu'il comprenne dans quel état elle était à l'époque et qu'il aurait pu faire quelque chose pour l'aider s'il avait été là pour elle. Elle lui en avait vraiment voulu.

Mais quand elle l'a revu au mariage, du temps avait passé et elle ne lui en voulait plus. Et comme il ne lui avait pas posé de questions, elle ne voyait pas pourquoi elle lui aurait parlé de ce passé qu'elle avait mis de côté pour avancer dans sa vie. Mais là, elle se sent obligée de tout lui dire mais il n'a pas à s'inquiéter, le passé est bien fini et elle veut regarder vers l'avenir. Bastien a fait partie de sa vie à une époque mais maintenant, elle ne le voit plus comme avant, quand elle l'aimait. C'est ce qu'elle lui a dit et aussi d'autres choses, des explications concernant ce qui s'est passé cinq ans plus tôt. Daniel est vraiment désolé de ce qu'elle a vécu et il lui dit qu'il fera tout pour qu'elle soit heureuse avec lui. Et il sait aussi qu'elle a ses amis sur qui elle peut vraiment compter, même si pour lui, ce n'est pas toujours facile. Emilie rajoute que lorsqu'elle est venue habiter cette ville, elle a rapidement sympathisé avec cette bande d'amis à qui elle a tout dit concernant son passé et c'est là qu'ils lui ont promis d'être toujours présents pour elle, pour empêcher qui que ce soit d'interférer dans sa vie. Et c'est ce qu'ils font depuis ce temps-là. Daniel sourit à Emilie et lui prend la main en lui disant que maintenant, il sera toujours présent dans sa vie car il l'aime. Elle lui répond qu'elle aussi.

Mais les jours suivants, elle voit souvent Bastien, se souvenant de leur passé commun. Et là, elle ne sait plus trop où elle en est. Elle a eu beau dire à Daniel qu'il n'avait rien à craindre de Bastien, elle n'en est plus sûre maintenant. Elle sait qu'elle a fait souffrir Bastien et veut tout faire pour qu'il lui pardonne mais elle sait qu'elle ressent vraiment de l'amour envers Daniel. C'est ce qu'elle dit à Lisa et celle-ci ne sait pas quoi en penser. Il s'avère que Bastien est bien vu par les amis d'Emilie, à part elle. Elle ne l'aime pas et ne sait pas trop pourquoi. Emilie lui dit qu'il n'a rien à se reprocher. Mais Lisa lui dit que Daniel est l'homme qu'il lui faut. Emilie ne dit rien, perdue dans ses pensées.

Daniel et Bastien se rencontrent dans la rue et Bastien veut lui parler. Comme ils ne sont pas loin de chez Bastien, ils y vont. Et là, Bastien lui dit qu'en fait, il n'aime pas Emilie mais son but est de faire en sorte qu'elle ne puisse jamais être avec Daniel. Il est sûr qu'il la séduira et que Daniel ne pourra rien faire. Daniel est énervé. Bastien lui dit qu'il ne pourra jamais convaincre Emilie concernant ce qu'il lui a dit. Elle ne le croira jamais. Elle pensera qu'il est jaloux et il se peut même qu'elle ne veuille plus le voir. A ce moment-là, Bastien aura gagné et il finira par la quitter. Daniel lui dit qu'il ne réussira pas. Et il ne comprend pas pourquoi il veut faire souffrir Emilie. Bastien le regarde, méprisant. Il lui dit qu'il veut se venger du fait qu'elle l'ait trompé. Il ne peut pas le supporter. Daniel n'est pas content mais préfère partir.

Plus tard, Daniel veut parler avec Emilie mais elle semble comme absente. Elle l'écoute quand même mais ses pensées sont ailleurs. Et là, il lui parle de sa conversation avec Bastien. Soudain, elle est comme réveillée par ce qu'il vient de dire en lui disant qu'il est jaloux, qu'il ne comprend pas que Bastien souffre à cause d'elle et qu'elle doit tout faire pour réparer. Et elle sait qu'il l'aime, il le lui a dit quand ils se sont parlés lors de la conversation qu'ils ont eu quand ils se sont retrouvés. Daniel était sûr qu'Emilie ne lui avait pas tout dit. Elle lui dit alors qu'elle ne savait pas comment le lui dire sans le faire souffrir. Mais là, il a été trop loin en inventant qu'il ne l'aime pas. Elle préfère mettre fin à leur relation car elle a l'occasion de modifier le passé grâce à la nouvelle chance que lui donne Bastien. Daniel n'en revient pas et lui dit qu'elle se trompe sur lui. Emilie le regarde et lui dit qu'il vaut mieux qu'ils ne se voient plus pendant quelques temps. Elle ne sait pas combien. Elle ne sait même pas si elle aura encore envie de le voir. Daniel ne sait plus quoi dire et préfère s'en aller. Mais à la porte d'entrée, il dit à Emilie qu'il l'aime, qu'il l'a toujours aimée et qu'il l'aimera toujours. Emilie ne répond rien et il part.

Plusieurs jours ont passé. Une femme, Catherine Villard, discute sur les réseaux sociaux et trouve la photo de Bastien envoyée par l'amie d'une cousine d'une amie, etc. Elle demande des renseignements à la personne qui a posté la photo en premier, Lucas. Il a mis sur le réseau social plusieurs photos de Bastien avec Emilie, devant l'immeuble où ils ont fini par habiter, et aussi à différents endroits où ils ont l'habitude de se promener. Il écrit que c'est la conclusion d'une belle histoire d'amour, qui a commencé vraiment par hasard par leurs retrouvailles. Mais Catherine lui écrit que Bastien va avoir une drôle de surprise car il s'avère qu'elle habite dans la même ville et qu'elle a l'intention de venir le voir. Lucas essaie d'en savoir plus mais elle préfère ne pas en dire davantage pour l'instant.

Le lendemain, Catherine marche droit devant elle et s'arrête juste devant Bastien qui est avec Emilie. Elle lui demande s'il se souvient d'elle. Il lui dit qu'il ne la connaît pas. Elle lui parle alors de l'enfant qu'elle a eu avec lui et là, il lui dit qu'elle s'est trompée de personne, il le saurait s'il avait été père, il assumerait ses responsabilités. Il dit alors à Emilie qu'il s'agit d'une erreur, qu'il ne connaît pas cette femme. Ils n'ont pas à lui parler. Ils partent, sous le regard courroucé de Catherine qui lui crie qu'il n'en a pas fini avec elle et qu'il finira par reconnaître leur enfant. Bastien est mal à l'aise mais il affirme à Emilie que tout va s'arranger, il leur suffit d'être indifférent à cette femme. Elle finira par les laisser. Mais Emilie est un peu sceptique.

Le soir même, Catherine est devant l'immeuble où vit Bastien avec Emilie. Et là, elle se met à crier qu'il sait ce qu'il a fait et qu'il va devoir assumer. Elle se met également à chanter avec des paroles contre Bastien. Il n'ose pas regarder par la fenêtre, de peur que ce soit pire et dit à Emilie qu'elle va finir par s'en aller. Quelqu'un lui crie de se taire et Catherine finit par partir non sans avoir chanté encore quelques couplets sur Bastien.

Le lendemain, les amis d'Emilie viennent lui rendre visite pour en savoir plus mais Bastien affirme que tout cela est complètement faux, il ne la connaît pas, ils peuvent en être sûrs et il aime Emilie, cela seul compte. Les autres finissent par s'en aller, se disant que Catherine va se lasser. Seule Lisa se pose vraiment des questions.

Elle va voir Daniel en lui disant qu'il ne doit pas abandonner, que s'il aime vraiment Emilie, il peut encore avoir une chance qu'elle revienne avec lui. Emilie commence à se poser des questions et Lisa n'a pas du tout confiance en Bastien, surtout après ce qu'a dit Catherine.

Les autres ne veulent pas s'en mêler. Daniel remercie Lisa mais ne sait pas comment faire pour qu'Emilie l'aime de nouveau.

Le lendemain, Catherine rentre en contact avec Lisa. Elle veut organiser un rendez-vous avec les amis d'Emilie et compte sur elle pour les obliger à venir. Lisa lui dit qu'elle s'en occupe.

Plus tard, ils sont tous chez Catherine. Mais son appartement est sens dessus dessous. Elle a fait ça pour redécorer. Ghislain semble intéressé par sa méthode. En fait, elle a tout cassé en pensant à Bastien. Elle leur affirme que Bastien est un menteur, il est fourbe et d'autres choses encore et ils doivent trouver un moyen pour faire éclater la vérité. Emilie doit se rendre compte de qui il est vraiment. Une fois que ce sera fait, elle le quittera et sera de nouveau avec Daniel. Mais certains d'entre eux sont un peu réticents car ils n'ont rien contre Bastien. C'est alors que Lisa leur dit qu'Emilie ne sait plus trop où elle en est concernant Bastien. Elle est venue la voir pour en parler. Elle lui a également dit qu'elle a encore des sentiments pour Daniel. Il leur suffit d'apporter la preuve à Emilie que Bastien est un menteur et tout ira bien.

Dans le même temps, Emilie et Bastien sont ensemble mais Emilie semble un peu distante. Il essaie de la faire rire mais elle est contrariée. Il se met alors à lui faire une déclaration d'amour en lui disant qu'elle est la femme la plus fantastique qu'il connaisse, qu'elle est la femme de sa vie, que jamais il ne se conduira mal avec elle, qu'elle peut lui faire confiance, qu'il est là pour elle, qu'il ne vit que pour elle, qu'elle est tout pour lui, qu'il est né pour vivre avec elle, que le destin les a réunis, qu'ils ne doivent pas décevoir ce destin qui leur fera vivre la plus merveilleuse histoire d'amour que le monde n'ait jamais connu. Il est assez content de lui et il demande à Emilie ce qu'elle en pense. Elle lui demande ce qu'elle en pense de quoi. En fait, elle ne l'a pas écouté, elle était en train de réfléchir. Il est dépité.

Les amis d'Emilie sont toujours en train de parler de ce qu'ils doivent faire. Ils hésitent quand même un peu mais c'est Lisa qui parvient à les convaincre en leur disant que Daniel est fait pour Emilie. Ils veulent bien essayer de faire quelque chose mais ils ignorent quoi. Ils réfléchissent alors à un moyen de prouver que Bastien est un menteur. Chacun a son idée mais finit par dire : « Oh, non ! Ça n'ira pas ! » Puis Catherine a trouvé : elle décide de faire appel à ses connaissances pour montrer le vrai visage de Bastien. Car elle sait que Bastien a eu d'innombrables conquêtes et que ses relations avec elles ne se sont jamais vraiment bien terminées.

Elle écrit sur différents réseaux sociaux qu'elle cherche à prendre contact avec toutes les personnes qui connaissent Bastien, de près ou de loin. Elle en fait la description et plusieurs femmes se font connaître. En fait, il a changé de nom plusieurs fois, se faisant passer pour quelqu'un d'autre mais elles ont reconnu les photos que Catherine a posté de lui et aussi parce que ce qu'elles ont lu de lui, sa personnalité les a fait se souvenir de qui il était. Catherine est satisfaite. Elle va pouvoir mettre son plan à exécution.

Les jours suivants, Bastien se promène avec Emilie et à différents coins de rue, à différents endroits de la ville, ils rencontrent une femme que Bastien a connu plus ou moins bien. A chaque fois, il fait comme s'il était surpris, comme s'il ne connaissait pas la femme en question mais Emilie voit bien qu'il y a autre chose. Il affirme à Emilie que toutes ces femmes se trompent. Jamais il ne ferait ce qu'elles ont dit. Il respecte les femmes et est toujours aux petits soins pour elles. Emilie est de plus en plus sceptique. A un moment, Emilie et Bastien se retrouvent comme submergés par un grand nombre de femmes qui les suit. Ils se mettent à courir et parviennent à les semer.

Emilie demande des explications à Bastien. Il lui affirme que c'est Catherine qui a tout fait, elle a dû appeler ses amies et leur a demandé de raconter n'importe quoi le concernant parce qu'elle doit être jalouse qu'il soit avec une autre femme. Après avoir entendu ça, Emilie est sûre qu'il la connaît. Bastien bredouille que non, qu'il a dit ça car Catherine doit se sentir seule et quand elle les a vus ensemble, heureux, elle s'est mise à les jalouser. Emilie ne dit rien mais elle est de plus en plus suspicieuse. Bastien lui dit qu'elle finira par se lasser, ainsi que ses amies. Mais il n'est pas très sûr de lui. Il propose alors à Emilie de partir en voyage pour oublier tout ça. Emilie refuse, au moins tant que tout cela ne sera pas éclairci. Bastien est embêté.

Catherine reçoit un message sur un réseau social d'une femme qui dit connaître Bastien et qu'elle peut dire beaucoup de choses sur lui qui peut lui faire beaucoup de mal. Il s'est fichu d'elle et elle veut faire quelque chose pour se venger. Catherine discute avec elle.

Deux jours plus tard, Emilie est avec Bastien et ils attendent dans un café. Catherine a souhaité leur présence car elle a quelque chose à dire de très important. Bastien commence à s'ennuyer. Daniel et les amis d'Emilie arrivent à leur tour. Le propriétaire du café est content de voir autant de monde mais ils lui disent qu'ils ne consommeront pas tout de suite. Ils ont quelque chose d'important à faire d'abord. Le propriétaire accepte d'attendre même si ça ne l'enchante pas. Catherine sort et rentre quelques secondes plus tard en disant que la conclusion est proche. Bastien ne comprend pas où elle veut en venir. Soudain, apparaît une femme. Emilie et Bastien la reconnaissent et Bastien n'en revient pas. Il se demande ce que ça veut dire, il a l'impression d'être tombé dans un piège. La femme s'appelle Barbara Mullaer et était la meilleure amie d'Emilie et aussi sa collègue, celle qui a d'abord dit à Emilie que Bastien la trompait avant de se raviser. Emilie n'est pas contente de la voir mais Barbara lui dit que bientôt, elle va la remercier. Emilie est suspicieuse et Bastien fait mine de partir mais les amis d'Emilie l'empêchent de sortir du café. Le propriétaire voit des futurs clients entrer et sortir comme il n'y a pas de place. Ça l'énerve.

Barbara regarde Bastien et lui demande s'il veut dire quelque chose ou s'il préfère qu'elle le dise. Bastien ne répond pas et hausse les épaules. Barbara raconte alors la vérité à Emilie : Bastien l'a bel et bien trompée à l'époque et si elle le sait, c'est parce qu'il l'a trompée avec elle. Emilie n'en revient pas. Elle reste sans bouger. Daniel s'approche d'elle et la soutient. Elle attend la suite. En fait,

Bastien a toujours trompé Emilie, depuis le début de leur relation. Et il a commencé à draguer Barbara alors qu'il savait qu'elle était sa meilleure amie. Ils ont entamé une relation et Barbara, qui était en fait jalouse d'Emilie, a voulu lui faire du mal. Elle a donné une première version à Emilie en lui disant que Bastien l'avait trompée sans lui dire avec qui et a attendu de voir ce qu'il se passait. Ensuite, elle a changé sa version, ce qui a été encore plus dur pour Emilie. Barbara trouvait qu'Emilie était trop sympa, souriante et de la voir effondrée lui faisait plaisir. Puis Emilie est partie et Barbara pensait que Bastien resterait avec elle mais il l'a quittée aussi, rompant avec elle avec un sms. Elle s'est mise à le détester et a juré qu'un jour elle se vengerait. Mais le temps a passé et elle a refait sa vie mais un jour, sur les réseaux sociaux, elle a vu ce qu'avait écrit Catherine et elle a voulu en savoir plus. Ça lui permettait de se venger de Bastien et de s'excuser auprès d'Emilie car elle avait fini par se sentir coupable de ce qu'elle lui avait fait. Emilie se blottit dans les bras de Daniel et Bastien baisse la tête devant les amis d'Emilie qui se retiennent de s'en prendre à lui.

Puis, Emilie et Daniel sortent du café. Ils se tiennent la main. Tout le monde sort et le propriétaire du café est désabusé car personne n'a consommé. Bastien se retrouve seul. Les amis d'Emilie sont derrière elle et Daniel et ils s'en vont chacun leur tour sauf Mélissa qui soupire en les voyant, disant que l'amour gagne toujours avant d'être emmenée par les autres, laissant Emilie et Daniel, souriants, prêts à passer le reste de leur vie ensemble.

FIN

A BIENTOT POUR DE NOUVELLES HISTOIRES